천년의 시 0141

달빛 한 순간

천년의시 0141

달빛 한 순갈

1판 1쇄 펴낸날 2022년 11월 16일
지은이 박동길
펴낸이 이재무
기획위원 김춘식, 유성호, 이형권, 임지연, 홍용희
책임편집 박찬세
편집디자인 민성돈
펴낸곳 (주)천년의시작
등록번호 제301-2012-033호
등록일자 2006년 1월 10일
주소 (03132) 서울시 종로구 삼일대로32길 36 운현신화타워 502호
전화 02-723-8668
팩스 02-723-8630
블로그 blog.naver.com/poemsijak
이메일 poemsijak@hanmail.net

박동길 ⓒ, 2022, printed in Seoul, Korea

ISBN 978-89-6021-680-8
      978-89-6021-105-6 04810(세트)

값 10,000원

*이 책은 　전라남도 JeollaNamdo , 　전라남도 문화재단 의 후원을 받아 발간되었습니다.

달빛 한 숟갈

박 동 길   시 집

천년의
시 작

시인의 말

네 번째 시집 『달빛 한 숟갈』을 펴냅니다. 꽃바람 부는 바다에 섬과 고깃배, 파도와 나눈 대화를 설레는 마음으로 모았습니다.

남도의 으뜸 도시, 목포의 밤하늘에 반짝이는 별. 내항 앞바다에서 꿈틀거리는 등 푸른 파도와 바닷바람이 어우러져 파도 행진곡을 부르며 제게 다가옵니다.

사붓사붓 설렁이는 밤하늘에 누이의 수저처럼 생긴 초승달이 떠서 저에게 『달빛 한 숟갈』을 떠먹여 줍니다.

제 시에 은혜를 베풀어 주신 여러분께 진심으로 감사드립니다.

2022년 가을
유달산 아래에서
박동길

차 례

시인의 말

제1부 파도의 이력

파도의 꽃

그리움이라는 파도가 출렁이는 섬에
그녀는 살고 있다

입맛 돋우는 김이 되려고
날마다 물살에 몸을 맡기는 그녀

아버지는 장대 말목에 발장을 묶어
방을 칸칸이 내고 그녀의 가슴 줄기를 세웠고

파도 밭을 들썩이며
파릇한 외로움이 자라나도록
집을 지어 주었다

추위에 넘어져 뒹굴지 않도록
쓰러져 울지 않도록 다독이던 물결들

마침내 그리움의 꽃이 바다에 피어났다
사람들은 김 채취선에 그녀를 태우고
선착장으로 돌아와 이야기꽃이 피었다

주먹밥 한 송이

우물가 수국이
옛집의 오랜 그리움처럼
내게로 왔다

물을 길어 마실 때마다
두레박에 남은 물을 주었더니
톱니가 난 잎은 마주나고
달걀 모양 꽃받침으로 여러 개 수술대 키워
산방 꽃차례를 이루었다

연둣빛 그리움이 물기를 머금고
나를 손꼽아 기다리는 물결로 일렁였나 보다
푸른 잎 사이 몽글몽글한 꽃대가
동그랗게 연둣빛 꿈을 밀어 올렸다

며칠 후, 엄니의 따스한 자주색 내복 같은 꽃
내 꿈의 헛간을 채워 주는 하늘색 빵 같고
예쁜 누이의 연분홍 입술 같기도 한 수국이
한 달이 넘도록 옷을 바꿔 입으며
그렁그렁 두레박 말씀을 길어 올린다

>
가끔은 그리움에 우는 나를 달래며
동그랗게 뭉친 주먹밥 한 송이를
가만히 건네주는 수국

파도에 바람이 묻다

작은 어선 타고 나간 낙월도 어장
드세게 불어오는 바람에
늙은 어부는 먼바다 바라보며
파도에 바람이 묻었다고 버릇처럼 말했지

비척거리는 고깃배
갑판으로 갑자기 넘어진 나를
그 어른이 붙잡아 주는 걸
먹구름이 길을 가다 말고
우두커니 바라보았지

뱃멀미로 진저리를 앓으며
배가 뒤집힐 것 같은 순간에도
파도를 이겨 내는 삶이 어부의 생生이라며
내 맘을 안심시켜 주던 말

목이 메어 부르던 이름 위로 갈매기가 날고
그리움의 한 생애를 건너가기 위해서는
우리도 함께 물살이 되어야 한다는 걸
뱃전에 와서 부서지는 물거품을 보고 알았어

\>

서쪽 하늘 먹구름 속에서

가끔씩 천둥이 울었지

파도가 소란한 내력

본시 누구를 섬기지 않습니다

제 몸은 어디로 튈지 몰라 저조차 살피지 못했고
제방을 뛰어넘을 땐 곧 죽을 것도 같았습니다

산다는 것은 언제나 순간이죠
간절하게 솟구치기도 하지만
늘 밀물과 썰물로 오가기를 반복하는 삶
풀썩 주저앉아 울고만 싶습니다

항시 씩씩하던 제 형을 보세요
근육을 자랑하며 앞장서서 소리치고 달려가더니
둑 앞에 무릎 꿇으면서 울다가 지쳐 쓰러졌지요
엄마 뒤를 따라 흩어지는 물거품 되어
저 해변 모래알들의 신음 속에 묻혔습니다.

우리 집안은 억만년을 밀려오고 밀려가도
진화하지 않습니다
온몸으로 달려가 깊은 상처만 바위에 새길 뿐
해변의 주상절리는 우리의 경전입니다

품속에 비릿한 지느러미들을 키우는 것은
그 때문입니다.

고요한 수평선 끄트머리를 잡아당기면
우르르 물살이 밀려와 부딪히지요
예부터 우리 집안 내력은 소란합니다

파도의 이력

거친 한파 몰아치는 바닷가로
여전히 힘센 파도는 갯것들을 밀어붙였다

모래 위에 밀려온 해초를 덮은 갑오징어
온몸이 튕겨진 채 쓰러져 있었다

몸을 뒤져 보니 툭, 터지는 먹물이
파도의 내력을 보여 주는 듯했다

먹물의 숨소리는 흔적만 남긴 채 멈췄고
해초는 잎사귀마다 검은 눈물 흘렸다

파도에 쓰러지며 넘어지기까지
헤엄치고 살아온 갑옷에는
둥그렇게 휘어진 연륜과
파도의 무늬가 낱낱이 울음으로 새겨졌다

한겨울 추위에도 바위에 부딪혀
퍼렇게 멍이 든 파도
붉은 노을이 섬 너머로 깔렸다

달빛 한 숟갈

목화 꽃잎 같은 하얀 초승달이
달빛 한 숟갈을 떠먹고 있다

달빛에 영그는 추위도
누이 수저같이 생긴
꽃잎 한 숟갈
달빛 한 숟갈

깊어 가는 밤의 허기를
어둠의 목구멍으로
꿀꺽꿀꺽 넘기고

나도 창밖을 보며
송편처럼 빚은 초승달과 함께
달빛 한 숟갈 넘기고 있다

물결 한 겹

증도대교 이르자
유별나게 반짝이는 물결 한 겹

저 한 겹의 물결을 짓느라
아이가 이리저리 몸을 굴리고 있었지

나도 저렇게 물결 속에 수평선을 꿈꾸며
병아리 같은 아이 둘을 길렀지

나를 키워 준 바다는 한때 멀어진 적 있어도
내 마음을 단단히 세워 준 것은
저렇게 작은 물결 한 겹이었어

증도를 떠난 지 오십 년
객지를 떠돌며 몇 번을 넘어졌다 일어섰던가
그때마다 물결을 쌓았다 허문 날들

점점 멀어져 가는 나에게
반짝이는 은빛 물결이 말을 걸었어

>

생의 그릇 속에 담긴 당신
또 어느 곳으로 흘러가 물결이 될 건가요?

달빛 세 마지기

노을이 붉게 타오르다
동산 마루에 달이 얼굴을 내밀 때까지
세 마지기 떼밭에서 김매시는 엄니

이마에 서럽게 내리깔린 어둠이
땀방울을 서늘하게 덮은 밤

달의 꽃등에 줄 드리워 매단 목을 구부려
두견처럼 쪼그리고 앉았다

달빛을 벗 삼아 어둠의 몸뚱어리를
이빨로 물어 눕혀 가며
밤이 깊도록 참깨밭 모종
삼각 날로 쪼아 호미질을 하신다

산등성이 올라설 때마다
혓바닥에 피는 백태 같은 가난

꽃등에 매단 줄을
엉덩이가 붙은 깨밭으로 데려와

호미에 달을 올리신 엄니

내게 달빛 세 마지기
묶어 주신 그리움
이 밤을 흐르고 있다

달 빛 십 리 길

달빛이 객선에서 내려 걸어가다
기름 꽃을 피우는 제방 길에 들었지
위태롭게 걷던 내가 미끄러워 넘어지는 순간
신발코에 무엇인가 부딪치는 느낌이 들었어

문득, 칠게가 떠올랐지
먹이 사냥을 마친 칠게 가족이
집으로 가는 길이었나 봐, 나의 신발을 스친 칠게를
구멍으로 보내 주려 했지만, 순식간에 달아났지

오 리쯤 왔을까, 내가 넘어진 자리
염전을 거느리는 제방을 먹어 버린 달빛
칠게도 두 개의 긴 눈 곤두세우며
부러진 다리를 끌고 눈물 흘린 십 리 길

달빛도 갯물 튀는 짠 냄새에 미끄러지는 둑길

칠게 핏덩이를 보듬고 눈물 흘린 나도
살아오면서 다른 생명을 상하게 한 일이 없는지
조심조심 걷다가 뒤돌아보니

염전은 숨을 고르듯 고요하게 빛나고 있었지

갯벌이 되어 버린 달빛 십 리 길
꿈속에서도 나는 넘어질 듯 걷곤 한다

코끼리여인숙

섬 모퉁이를 돌아서면
코끼리 코를 닮은 갯바위가 서 있다

코끼리 바위에 배어 있는
회갈색 해변의 고독을 툭! 건드렸더니
파도 꽃 출렁! 코끝으로 날아온다

몸이 검은 어미가 새끼를 거느리듯
서 있는 바위 한 채, 어미 코끼리처럼
긴 코로 바위들 끌어모아 해변에 가족을 이루었다

'코끼리여인숙'이라는 간판으로
온 누리 보듬듯 서 있는 집
마당에 돌김을 키우고 따개비를 먹이며
고동과 뿔소라가 모여 이웃을 이루는 갯가
집으로 들어가는 어린 갯고둥처럼
나도 낚싯대를 접고 여인숙 빈방에서
잠을 자기로 했다

날이 저물자 노을빛에 밀물로 오는

거대한 주름치마 한 자락
그 치맛자락에 기대어 잠드는 여인숙

멀리서 밀려온 것들이
바닥에 깔린 상처를 저마다 되돌아보는 밤
아침이면 장판에 남은 누추한 삶의 흔적들을
썰물로 지워 주는 코끼리여인숙

아직도 거기 갯가엔
외로움이 파도치며 살고 있다

갯바람

겨울 바다의 까만 밤같이
대한이 지나도록 추위만 보태던 그가
어느 초봄, 얇은 눈꽃을 살포시 뿌리며 왔다

갯고랑에 남은 눈마저 녹여 버린 그가
가진 것 없이 건들거리던 건달처럼
어깨 들먹거리며 갯가를 걸어가니
봄을 느낀 갯것들도
잠에서 깨어났다

바닷가를 거니는 시인처럼
갯벌에서 갯고랑, 잿빛 바다 길섶까지
휘파람 불듯 지나갈 때마다
간간하게 맛이 들어가는 갯내
하얀 쌀을 입으로 뿌리듯이
갯것들 곳간을 채워 주는 갯바람

갯벌의 검은 등짝을 기어가는
칠게와 갯지렁이를 다독이며 살랑거린다

\>

밤새 삐꺽이던 어선에도
넉넉하게 꿈을 실어 주는 갯바람
먼바다에서
봄 조기 떼 가득 실은 파도가 밀려온다

갯가에서 1

갯가에 들어서
물 빠진 갯벌을 보니
칠게들이 무엇인가 오물거리고 있다

손에 든 물병으로 물을 부어 주자
칠게들은 순식간에 흩어져 사라졌다
깊게 뚫린 집으로 쏙, 몸을 숨겼다

잠시 미끄러운 고요가 갯벌의 주인이 되고

다시 집에서 나온 칠게들은
손발을 옴질거리며
물에 버무린 개흙을 먹고 있었다

갯벌에 물을 주었던 갯가는
칠게들 잔칫날이었나

밀물이 서서히 밀려드는 갯벌
생계의 검은 바닥을 목숨처럼 끌어안고
칠게들은 꿈틀꿈틀 기어간다

굴꽃(石花)

눈바람 불어도 갯바위에 엎드려
암수한몸으로 부화하는 굴
석화라고도 불렀지

거센 파도에 잠 깬 유생幼生이
갯물 떠다니다 바위 위에 철썩
집을 짓는 바위굴

손발마저 시린 계절, 살이 언 바위에도
눈보라 뚫고 한 몸을 이뤄
혈맥을 피우는 싹
미색 꽃으로 살며시 눈을 뜬다

향기로운 꽃잎을 키운 은회색의
네 눈물이 간간하다는 걸 알았지

이젠 나도 너처럼 눈물이 많아진 나이
갯바위에 엎드려 굴꽃이 되고 싶다

화가 맵싸리 고등 씨

햇볕 따사로운 갯가
바위와 돌 틈새를 나온 고등 씨
먹이를 찾아 물웅덩이에 입장한다

순간이 번진다
바닥 개흙을 비벼 대며 선을 긋자

천지 사방에 일어나는 파문
맵싸리 고등 씨의 꿈틀거리는 웅성거림이
물 위에 포물선을 그린다

한평생 맵싸리 고등 씨처럼
살다 간 것들의 따스한 울음이 햇살에 배어 있다

화가 고등 씨는 화선지를 펼쳐
진한 먹물 묻힌 붓을 일필휘지
바람에 비벼 대는 눈물이 되고
물살의 파문이 일렁거린다

짭짤하게 뒤엉킨 갯내

갯바람에 버무린 꿈들이
꿈틀꿈틀 기어간다

눈꽃 집

논바닥 베어 낸 벼
뿌리에 얼음이 붙어 하얀 이 내놓고 있다

얼음은 눈바람 설친 볏잎마다 눈꽃 피우고
서녘을 지나온 찬바람은 두렁길을 넘어와서

벼 줄기 아랫동아리에 붙은
얼음을 에워싸며 웅얼거렸다

얼음이 엉겨 있는 눈꽃 집은
논을 가꾸어 온 어머니 벼에 붙어
바람막이도 없이 아장걸음 치는 살림살이

벼 뿌리에 기대어 사는 애벌레 부부
단꿈에 젖은 신혼집 같았다

따스한 햇살 한 줌이
모처럼 푸지게 쏟아지는 초겨울이었다

수상한 바다

어제까지 바다는
파도를 출렁인다고 생각했는데
오늘은 아닌 것 같다

바람이 세게 불더니
나무들이 이 섬, 저 섬, 산에 계곡마다
서로 다른 곳으로 쓰러지고 있다

비바람을 피해 뛰는 사람처럼
파도는 큰 물결을 이루고
구름 속에서 달리기를 시작했나 보다

바다가 뒤집기를 하면
그해 풍어가 온다고 했다

파도는 지금 넘어지고 있는데
바람까지 바다를 뒤집어엎으니 수상하다

길 잃은 갈매기 한 마리가
울음 하나를 갯가에 새겨 놓고 날아간다

김
—김 말리기

아버지는 양지에 물김을 말리는
높고 긴 건조장을 지었지

햇볕 가득한 날, 말목을 세우고
동바리를 어긋 매껴 볏짚 두른 이엉

물김은 살랑거리는 바람을 타고
짚 위에 촉촉하게 누운 목숨, 공중에 날리며
자색 꽃향기를 냈어

햇살이 구름 그림자를 데리고 지나가는 오후
김에서 바스러질 듯 털 비비는 소리가 났지

마른 김을 거둬 손질할 때 흘린 눈물은
가랑잎 넘어지는 소리를 내며 방마다 돌아다녔어

사나흘을 이불이나 옷장, 옷소매까지 들어와
간질간질 기어 다녔지

꿈마다 하얗게 부서지던 파도

맑은 파도의 뼈들, 길게 뱃고동 소리와 함께 멀어지던 수평선
물김 냄새는 내 머리맡까지 밀려와 철썩거렸지

제2부 노을에 들다

목포 1

수협 어판장이 눈뜨고 기지개 켜면
별과 달, 새들도 새벽을 연다

면사포를 쓴 백목련*도
눈망울에 새벽빛이 차오르고

삼학도는 갈매기 부리에 쪼인
파도의 울음에 젖어 들고
선창가 묶인 배들의 젖어 가는 무릎들

유달산 일등바위처럼 우뚝 서는 하루
목포 5미**의 깃을 세우고
아침마다
목포는 살아서 꿈틀거린다

* 백목련: 목포시의 시화는 백목련, 시조는 학, 시목은 비파나무다.

** 목포 5미: 홍어삼합, 세발낙지, 민어회, 갈치조림, 꽃게무침.

목포 2

만선으로 고깃배가 들어온 밤
남도 사투리도 갯바람 따라 밀려들고

불빛 따라온 일심여인숙

내항이 내려다보이는 방은
꽃빛으로 가득 찼다

그대는 목포를 닮은 꽃
밤을 끌어안아도 좋은 방

꿈속에 왁자하게 핀 어판장 웃음꽃들
은빛 조기를 고르고

목포의 밤을 밝게 피운 꽃들
반가움에 목이 메었다

짠물에 절은 손과 맨발로
만나는 사람마다 와락 껴안아도 좋은
그런 밤이었다

목포 3

땅 있으면 농사라도 지을 텐데
그래도 잘 살아 보겠다고 밥벌이 나온 아버지

수십 년 배 타는 어부로 살다
병을 얻어 누운 곳
병원 창밖 고하도는
밥알 같은 파도를 바다에 퍼 담고

오 년만, 오 년만 하다 못 뜨고
아리랑 고개 능선 타고 오른 집

차마 버리지 못하고 평생 눌러앉은 땅
용머리 은색 물빛에
밥도 아니고 땅도 아닌
파도가 뒤척인다

한 계절 앓으며 뒤척거린 잠에서 깨어
저린 몸 털고 일어서는
저 바다의 그믐달 하나
눈물 같은 숟가락
달그락거리는 소리가 들렸다

목포 4
―옛 도심都心

옛 도심에 차린 피자 가게
산속 암자 같다

사람은 안 보이고
눈바람만 창문을 두드리다 가는

우편함에 고지서만 쌓이고
얼음은 녹는 기색도 안 보이니

가지에 꽃눈 껌벅이는 목련
꽃망울에 하얀 눈물 고인다

멍울이 벙글어 실핏줄 환하다
그 실핏줄 터져서 붉은 기운 도는 꽃

가만히 꽃잎을 접는다

목포 5
―옥단이

불편한 몸으로 비탈길을
오르내렸던 옥단이를 찾아다녔지

만인계 터 골목, 가파른 골목까지
철벙철벙 물동이를 이고 다녔던 처녀

갖은 천대에도 아랑곳하지 않고
가난한 이웃들의 허드렛일 거들었지

함지박이 머리에 얹히는가 싶으면
물렁한 물이 미끄럽게 손에 잡혔다지

오거리 동본원사는 유난히 멀고
스치는 바람이 허전하고 쓸쓸한데

옥단이 마음 머물던 박화성 생가 터
밥집에서 그녀와 함께 저녁을 먹고 싶었지

물지게 지던 그녀 어깨를 주물러 주며
우물물 사라진 자리에 남은 얼룩처럼 그렇게

목포 6

—해상 케이블카[*]

쇠줄은 날개를 단 나비가 되어
들뜬 마음으로 해상 케이블카 탄다

유달산에서 바다 건너 고하도까지
바닥에 훤히 비추는 산을 거슬러 오른다

마당바위를 순식간에 지나는 나비
어느새 고하를 향해 춤추어 날면

솟아오를 일 없는 쇠밧줄이
꽃바람을 마시며 날아가고

시원한 바람 마시며
능금빛 노을 안고 오가는 케이블카

발아래 묶인 배들도 어디로든 날고 싶어
출렁거리며 제 몸을 바다 쪽으로 밀어 보고 있다

* 해상 케이블카: 2017년 10월 착공, 2019년 9월 준공. 코스는 북항 승
  강장–유달산 정상–고하도, 길이는 3.23킬로미터(육지 2.41킬로미터,
  해상 0.82킬로미터).

가을

내게 가을은
낙엽 뒹구는 산이나
노란 들녘이 아니다

비릿한 사투리로 물살 짓는 배
여객선 2층에 자리를 잡고
바닷바람 날리는 창가에 서면

언제나 나는 가을이다
바람이 불면

저 섬, 저 파도
모래사장을 거쳐 온 날마다
윤슬같이 반짝이는 모래도 보이고
소금기에 절은 내가 보인다

몇 번의 가을을 더 지나야만
나도 낙엽 몇 장을 꺼내 보일 수 있을까
스산한 바람이 부는
가을이다

노을에 들다

우수雨水 전날
조각 공원 비탈을 오르내리다
접어든 둘레길

오래된 대왕참나무 위로
붉어지는 일몰의 하늘

멀리 바다와 섬에 닿은 눈
꼭두서니 빛 노을은
발끝으로 스며든다

아, 마침내 피가 도는 세상이다

멀리 섬들이
웅크린 짐승처럼 숨죽이고

꽃잎 진 나무도
오물거리던 갯바람도
저문 해에 물든 나도
숨죽인 채 서 있다

수목장
—난영공원*

삼학도 중턱 공원길
비를 맞으며 스적스적 걸어간다

배롱나무같이 휘어지고 구부러진 생生
매끄러운 피부에
분홍색 꽃 피운 그녀

삼학도 파도가 밀려와 부서지며
흩어지는 노랫말
선창가 뱃고동 소리에
레코드판이 돌아가면

옛날의 그 비구름 지나고
바다 위의 학 세 마리
다시 날아와 앉은 꽃자리

난영공원이
홍자색 꽃빛으로 훤해졌다

* 이난영(1916~1965). 본명은 이옥례. 목포 양동 출생. 북교초교 졸업. 오
케이레코드사 등용. 1935년 〈목포의 눈물〉부터 〈해조곡〉 〈목포는 항
구다〉 등 명곡을 남겼음. 경기도 파주시 용미리 공동묘지 안장 후 41년
만에 2006년 3월 25일 대삼학도 중턱, 수목장에 묻혔다.

무화과 학당

갓바위공원 오르는 길가
나지막한 무화과밭, 문을 열었다

하구 둑으로 불어오는 바람에
긴 파도만 출렁이는 곳
밤새 파도를 마시다 짠 내음에 젖은 달
몸을 눕히는 호젓한 언덕

둘레 좁고 가는 산자락에
잎겨드랑이 위아래 암수로
꽃방을 차린 무화과 집

황록색 달걀로 익어 가도록
시詩 배우는 학생들
용당龍塘이 샘을 부리는 무화과 학당

쌈지공원에 팔다리 오므리고 앉아
자주색 은화隱花 피우느라 바쁜
김우진, 박화성, 차범석, 김현

>

손끝에 묻은 파도의 지문들을 털어 내면
저만큼 밀물이 다가와 밑줄 그어 주는 학당
갈매기가 긴 부리로 책장을 넘기는
갓바위공원에 학당이 있다

대성동

노란 조끼 입고
한 손에 녹슨 집게
한 손에 비닐 봉투 든 노인

담배꽁초 하나 줍다가 허리 들고
지나는 차들을 구경한다

승강장 의자에 앉은 사람
손주 자랑하는 소리 들어 주다가
길가 잡초 하나 뽑아
가로수 밑에 던지고

자박자박 걸어
어린이공원 의자에
대성大成한 사람같이 누웠다

지나온 세월에 대해 할 말도 없지만
생선 비늘처럼 야위어 가는 오늘 하루
나른한 햇살이 내려앉아
한나절 보내는 그곳

\>
노인의 뼈마디처럼
함께 맞물려 삐꺽거리는 의자

검버섯 피는 저녁을
비닐봉지에 담아 일어선다

머리 공사 중*

미용실에 동네 아주머니 들어온다
젊은 여자 메이크업 의자에 앉아
손톱 공사 중이다

너부죽한 얼굴에 거칠고 까부라져
턱까지 늘어진 머리카락을 손으로
내보이며 앉는 아주머니

머리 공사를 시작한다

길가에 웃자란 풀도 베어 내고
잡초 같은 털을 손질하는 미용 가위

거칠고 메말라 윤기 없는 길에 기름을 바르고
아스팔트를 포장하는 공사같이
머리카락 자르며 커트 파마를 한다

동네 소문들이
뭉텅뭉텅 잘리고 볶아지는 곳
너무 자주 만져 말랑해진 이야기들

>

사람들 거울 속의 자기 얼굴을 들여다보고
미용실은 저녁 늦게까지 머리 공사 중이다

* 머리 공사 중: 목포시 송림로 59. '머리공사중' 미용실.

입춘

입암 천변 해남고물상* 파지 수집상
파지는 파지로, 쇳덩어리는 쇠끼리 모아야
밥이 된다며 고물을 수북하게 담는 할머니

전동 휠체어에 고물을 실어 나르는 하루하루
뒤따르는 손주 볼은 발그레하고
복슬강아지는 라면 박스 물고 와 꼬리친다

오락가락하던 눈발 물러가고
마당에 모인 고물들 너나 할 것 없이
해남, 해남, 하며 봄을 알린다

마당에는 꿈을 재는 큰 저울
볕이 잘 드는 모퉁이에 쪼그려 앉은 밥솥은
먹지 않아도 배가 부르고

사장과 친구인 고물 아저씨
어릴 적 쥐불놀이 즐기던 밭둑에
새순이 돋아 휘파람새 노래하겠다

>
오간 데 모르는 할머니네 외국 며느리
담벼락 타고 오르는 나팔꽃마냥
늦지 않게 한 소식 보내오겠다

• 해남고물상: 목포시 삼학동 소재 입암천 '해남고물상'.

참나무 영혼

유달산 어민 동산을 건립하면서
나보다 늙은 참나무를 베어 버렸다

사람들은 나무가 쇠하면 혼魂을 빼앗는다 했다
회갈색 그 나무에도 신이 살까
벌레들이 빈 껍질 속을 도깨비같이 기어 다닌
구멍만 송송하였다

나무가 넘어지는 순간
우지직, 하는 소리는
빈 곳을 끼어들려 했지만
공터를 오래 차지하지는 못했다

일주 도로 산길을 따라 그 자리에 가 보니
어민들이 지은 벽천 폭포에
물줄기가 쏟아져 내렸고
해거름 몰고 온 새 한 마리는
저녁의 마지막 단추를 채우고
숲은 닫혔다

>

참나무의 축축한 영혼은
분수를 타고 저 멀리서
길게 솟아오르는 것 같았다

포장마차

목포 버스 터미널 길모퉁이
불을 몇 개씩 매단 섬이 있다

포장마차는 깊어 가는 밤을 조금씩 먹고
이 섬의 바다는 손님들과 함께 일렁이고 헤엄친다

도마 옆, 속이 빈 갈색 전복 서너 개
낯선 여자가 썰어 낸 조개가
제 살 비워 내는 소리를 듣는다

마신 술보다 흘려 버린 술이 더 많은 삶이지만
포장을 밀치고 들어오는 얼굴들 앞에
전복, 문어가 초장에 한 접시 놓이면

하루를 마감하는 손님들 입에서
한 번 더 파도가 출렁인다

먼 곳 섬까지 바다가 열리면
전복 껍데기 뚫린 구멍으로
하얀 새벽이 하나둘씩
스며든다

밧줄

부두 슬래브* 건물에 밧줄이 걸리고
사람들은 하나둘 집을 빠져나왔다

밧줄은 오랫동안 매달려 있었고
딱정벌레처럼 벽에 붙어 자꾸 꿈틀거리는 사람이

허공으로 흔들릴 때마다
먼발치에서도 심장이 부르르 떠는 것 같았다

날마다 이 건물 저 건물 번갈아 가며
밧줄을 타던 벌레는 13번째 건물이 넘어진 후
공중을 내려와 가슴을 털며 자취를 감췄다

그 후 내항을 지날 때마다
딱정벌레가 밧줄을 잡고 공중에 매달린 모습이
가물거리며 자꾸 떠올랐다

* 부두 슬래브: 1960년대 목포 내항에 건립되어 2000년 철거된 13동 부
  두 슬래브 복합 상가 건물.

그 여자네 집

비린내 물씬 나는 그 여자네 집은
어장을 옮겨 온 바다 같았다

수조에 물고기들 물살 일으키며
들썩들썩 첨벙거리더니
재빠른 손에 잡혀 퍼덕거렸다

그녀의 손은 귀신같이 빨랐다

방마다 갯내에 취한 그녀 집은
생선 살이 밤의 허기를 꽉 채우고

바다가 된 뒷개를 밤새워 꽃피웠지

날마다 고깃배들이
비릿한 냄새를 실어 와
그녀 집 마당 가득 풀어놓았지

제3부 제방 울던 날

낙조대

유달산 둘레길 풀잎들이 발등을 털어 먹더니
청설모 나무 오르는 소리가 귀를 데려갔다

한창때보다 느리게 산길을 걸어가는데
용머리 고깃배는 눈을 끌어가 버리고
산국화 향기가 벌름거리는 코를 다 먹었다

낙조대에 올라
늙은 나뭇개비 산들바람 들이마시다
호흡마저 놓쳐 버리고
나는 아예 지워지더니

따스한 기억의 군불을 지피는
석양만 남았다

서산동에서

생선 비린내가 온 동네 주인 노릇을 하고 있었다

친구 집 골목에
네모난 박스로 층층이 쌓은 조기 상자

아파트가 길을 내주지 않던 곳
드센 바람이 막대기를 휘둘러
무릎을 꿇게 한 골목

계단을 올라 친구 집이 가까워지면
찌개 끓는 소리가 들려오고
생선 굽는 냄새가 연기 타고
고양이처럼 담장을 넘어 다니던 골목

친구는 그물 깁는 아저씨 곁에 있었다
아저씨는 파도의 주름처럼 접힌 그물을 크게 펴서
갈매기 울음이 쪼아 먹은 그물코를 매만지고

계단보다 어깨가 더 낮은 집들

길이 올라설 때마다 순하게 지붕까지 내주던 집들
그곳에 내 친구가 살고 있었지

노인

오래된 나무가 걷고 있다
짝 잃은 기러기처럼 외롭게

활기차게 우거진 나무
가지마다 날아와 앉았던 새들 떠나가고

가뿐하게 오르던 걸음
경쾌하던 발걸음은 어디론지 사라지고
이제 굽은 지팡이와 함께 힘들게 걷는다

바람에 휘우듬하게 흔들리는
신발을 끌고 간다
가끔 서서 숨을 고를 때마다
생각하는 나무 같다

바위처럼 단단한 고독
삭정이 다 떨어져 나간 나무가
혼자서 길을 간다

기억 속에 피는 산동네

— 옛 달성동

거센 추위에 나뭇가지도 떨고 있는 골목
빈 리어카에 부서진 연탄 한 장이
동네를 물끄러미 쳐다보고 있다

골목을 숨차게 오르면
가겟집 그 윗집을 따라
주름진 길들은 좁혔다 펴지는 아코디언처럼
고샅길을 길게 물고 있다

부서진 열쇠통을 안고 떨고 있는 공동 수도
마당을 기어 나온 감나무 이파리 몇이
골목을 서성이는 동네

연탄 배달 마친 아저씨
가겟집에서 막걸리 한 사발로 허기를 채우고
밀린 방세 빌려 횟가루 봉투에 쌀 한 되 받아 오는 저녁

추억은 아직
굽은 골목을 오르고 있다

해당화 여인

해당화 가득 우려낸 일흔의 고리
어시장 길에 마른 김 파는 여자 있다

눈시울 반짝이며 붉게 생긴 김
좋은 김 있은께, 오메! 어서 사쇼

페이지 없는 책을 넘기며
〈섬마을 선생님〉 노래로
감미롭게 손님을 부르는 여인

축축하게 짠물 든 해당화 여인
얼굴에 바다가 비쳐 보인다

긴 잎을 질기게 묶어
한 권의 톳으로 꾸민 책을 팔며
돌김도 들고 있다

이름 없는 해당화, 김 한 톳이
내 비닐 자루 속에서 미끌거린다

로컬 푸드 직매장

목포농협 용당 로컬 푸드 직매장
한 꾸러미로 엮어진 마른 명태들
내장을 걷어 내고 가슴팍이 찢기어
작은 대나무를 횡으로 꽂은 채
코가 꿰어 서로 껴안고 있다

동해에서 러시아로 건너간 명태였다 차가운 바다를 돌아
다니다 저렇게 매달려 있을까 맨 위 코를 꿴 명태는 머리에
서 꼬리까지 키가 커서 아버지로 보였고 남편의 턱을 떠받치
며 몸에 살이 찐 명태는 어머니 같았다 아래는 자녀들로 어
우러진 가족으로 보였고, 옆으로 처진 어른과 삼촌이 한 꾸
러미를 이루고 있었다 거친 파도를 이기며 회백색 몸으로 바
다를 살아온 명태 가족이 한 꾸러미로 묶이어 잘도 팔려 갔다

죽어서도 삼대가 함께 사는 집
어려서 살던 우리 집
옛 모습을 보는 것 같았다

제방堤防 울던 날

바람 세차게 불던 여름

바닷물이 입암천 어깨까지 올라
목포의 가슴께에서 일렁거릴 때
남해 제방은 울고 있었다

컴컴한 울음바다를 텀벙거리던 나는
전신주를 간신히 붙들었고

갑작스레 목포를 입에 덥석 물고 있는 태풍
구舊 원둑마저 삼킨 바닷물이
시가지를 뚫고 가는 곳은 어디인지

나를 휘둘러 친친 감은 바닷물은
앞을 볼 수 없을 만큼 닥치는 대로
2호 광장, 3호 광장 큰 길거리를 번들거리며
차오르고 있었다

깊이 잠든 가로수, 상처 난 도로
넘어진 간판은 터진 건물 옆구리에 기대며

물살을 간신히 버티고 있었다

며칠이나 지나 태풍은 겨우 물러가고
주인 잃고 물 위에 떠다니는 빈 밥그릇은
남해 제방까지 밀려와 꼬박 삼 일을 울었다

골롬반 고갯길

고갯길을 오르면
마리아 상像 서 있던 골롬반병원* 터에
천주교 기념관이 세워졌다

깊은 밤 급작스레 열이 올라 보채는 아이
병원 갈 때 별나게 높은 고개

어머니 입원하여 찾아온 손자 보듬고
예뻐해 주던 골롬반병원
2병동 간호사, 나팔꽃같이 웃던 곳

어느 날 고갯길에 앰프를 틀고
꽹과리를 두드리더니 오간 데 없는 사람들
이별을 아파하는 수많은 꽃잎

나팔꽃 기억만 고요하게 쌓여 있고
새 한 마리 꽃잎 하나 물고
잔등길 넘어간다

* 골롬반병원: 1916년 아일랜드 신부들에 의해 조직된 선교회. 1933년
  선교를 시작. 목포, 제주, 삼척에 설립.

덩굴장미

비가 내리다가 멈칫하더니
대성농협 뒤 2층집 긴 담장에 불이 붙었다

담장 경계에 서로 팔을 엮어
생 울타리 올라선 덤불 속 꽃잎
그녀의 욕망이 6월을 오른다

햇볕이 기대고 간 담벼락마다
벌겋게 달아오른 그녀의 몸

어긋난 깃꼴겹잎 높게 키운 힘은
빨간 담장에 분홍색 미소로
쌍떡잎 열정으로
일어서는 그녀

그녀의 불무더기 속으로
들어간 나는
순간, 확!
하고 화상을 입었다

보리밥 골목

목포여인숙 골목
부지런한 새처럼 일찍 나온 사람들
보리밥 한 그릇에 아침 허기를 채운다

젓갈 내 나는 보리밥, 곰삭은 아낙들 입가에
〈마도로스 부기〉 노래 따라붙는
항구의 시장市場 1번지

한때 만호진 군사들 밥을 지어 먹이며
쌀보리가 밥그릇을 구슬같이 구르던 시절 있었지
만호를 이루며 부지런히 살아온 선창 사람들

고양이 뜬 눈 같은 보리 밥알을 퍼먹는
생선 파는 진도댁 언니
건어물을 파는 영식이 엄마

간재미회무침
황갈색 도다리쑥국에
항동시장 보리밥 골목
아침을 열고 있다

소라 집

굵은 밧줄에 매달린 수백 개 소라 껍데기
주꾸미가 신기한 듯 기어드는 곳

파도 소리에 뿔 나팔 불 때면
바다가 철썩거리며 뒤따라오는 꿈

봄날 저녁 꿈속에서 그녀는
알 낳는 새집을 찾아 들어갔지

구부러진 골목을 돌아
나선형 계단을 내려가면
발자국 소리 들리는 깊은 방

창 너머 메아리치듯 외치는 파도 소리에
그녀도 정신없이 출렁거리고 말았어

밧줄에 매여 몸마저 흔들거리는 그녀가
아직도 출산을 꿈꾸는 집

별다방

목포역을 출발하는 기차 소리는 오후를 알리며
권농원* 앞길은 노을이 물드는 시간 속으로 떠났지

그녀를 데리고 음악이 흐르는 다방까지 오르는
2층 나무 계단은 삐걱거렸어

레코드판 바늘은 별다방을
빽빽하게 빛나는 잡음 덩어리였지

팝송보다 데이트에 빠져
무 씨앗 사 오라는 아버지 심부름조차 깜빡 잊은 채

통학 열차 놓치고 꼬깃꼬깃 접은 편지마저
내놓지 못한 그녀

별다방 장미꽃이었어

• 권농원: 목포역 앞 소재. 1958년 6월 15일 개업.

태풍 3일

오신다는 날

아내가 나를 부르고 있었다
거센 태풍이 어디쯤 오신다고 하였다
밥집도 문을 닫았고
굵다랗게 그분이 꼰 밧줄에 사람들도
단단히 묶였다
항구에는 바다오리 떼같이 모여든 배들이
줄지어 몸을 출렁이고 있었다
길가에 개망초는 몸을 낮게 움츠리고 있었다

오신 날

그분은 어디에서 오시는가
수평선 언덕에 태어나서 검게 자라난 싹쓸바람이
자동차 달리는 속도로
북태평양을 지나 목포까지 오셨다
먹구름이 부산하더니
천둥 번개를 치며 그분이

외치는 소리가 이곳저곳 넘쳐났다
아내도 넘어질 뻔했다
몸이 찢어져 콧물 흘리는 간판
코로나19보다 더 심한 상처가 산더미로 쌓였다

가신 날

날이 밝아 사람들도 풀려났다
집을 나가 보니 식당도 문을 열고
여객선들도 움직이기 시작했다
몸이 뒤집혀 시커먼 발바닥을 보인
가로변 플라타너스 눈물은 도로에 넘쳐흐르고
사람들은 나무가 떠나는 길을 내주고 있었다
아내와 나무를 보내고 오는 길
개망초는 바람이 떠밀어도 가늘게 휘어져 꽃물을 흘릴 뿐
키 큰 나무처럼 넘어지거나 울지 않았다
꽃을 자세히 보니 산방 모양을 이루었고
황색 통꽃은 아침 식탁에 계란프라이 같았다

\>

밤새 떠오른 희망의 별들 아래로
입을 또 꽉 다무는 긴 수평선을
사람들은 말없이 바라보았다

태풍 그 후

고기잡이배
어창에 금이 갔다
덜렁거린 문짝마저
떨어져 나가

외마디 비명 외치는 순간
와장창! 허물어진 말들

부서진 유리 조각 속에서
빛나게 반짝거리고

높은 바람에
하얗게 떨리는 널빤지들
저녁이 어지럽게 너덜거렸다

북항
자망 한 척
말도 않고 슬며시 돌아선 바람
무심한 고요만 출렁거렸다

파도 소리

파도 소리가 문을 열고 들어와
내 잠자리에 눕는다

바다에서 얼마나 뛰었는지
짭조름한 비린내가 방 안에 퍼진다

갯바위에 부딪히는 물결 소리
너울 속에 그물 엉키는 소리

밤새 깊숙이 스며드는 파도 소리
바다 소식 살피는 듯
꿈속으로 새 떼처럼 내려앉아

혼자 자는 나에게
외로움을 안다는 듯

물컹해진 파도 소리
이불 밖으로 나가려 하지 않는다

어느 여름

뙤약볕 내리쬐는 정오 무렵
영란횟집은 방마다 손님이 넘쳤다
대형 냉장고에 민어들이 켜켜이 누워 있고
한 점씩 얇게 베어 낸 바다의 생살들이
식탁마다 빠르게 놓인다

같은 방에는 각지에서 모여 앉은 사람들이
저마다 새처럼 앉아
마음의 곳간에 쌓인 속내를 토해 낸다

찌개가 땡볕처럼 부글부글 끓는 한낮
우리는 술잔을 들어 뜨거운 여름을 보내며
목을 씻어 내듯이 마신다

소리는 익어 가고
빈 그릇 켜들이 쌓여 간다
다시 돌아갈 바다
바다의 바다 같은 내일이
민어의 하얀 살점에 있으니

>
냉장고 속 회백색 민어들 눈에
빨간 울음이 흐르고
나도 뜨겁게 울려 버린 대낮

오후의 웃음들이 일어선다
민어의 어느 살 한 점이
나의 생살로 부활하는 복날
나도 남몰래 눈물 흘리던
그 어느 여름

제4부 그리움 한 송이

그리움 한 송이

여름날 들녘을 지나다
참깨밭에 하얗게 핀
그리움 한 송이를 보았다

수많은 모종이 자라
곧은 줄기 잎겨드랑이 마디마디 숲을 이루어
어머니 호미 꽃이 피어나는
꽃차례를 이뤘다

눈 돌아보니 돌무덤에 몸 얹혀
유별나게 긴 타원형 잎자루 둘러쓰고
마주난 잎에 허리 휜 어머니 꽃대

달빛보다 더 선연한 세모시 저고리
수묵화처럼 젖어 들던 눈썹 파르르 떨며
외로움을 홀로 견딘 어머니가
한 송이의 연분홍 깨꽃을 피우고 있다

증도 6
—짱뚱어다리[*]

썰물 진 바다 갯고랑에
아침 햇살 눈부시다

사방으로 몸을 비벼 대며 오가는 짱뚱어
칠게와 망둥이 불러내어
난장을 여는 개펄

한나절 뻘밭에 어른인 짱뚱어가
초록색 깃발 들다가 황갈색 깃발 들어
갯벌 지킴이로 자리 잡았다

해수욕장 오가는 인도교 아래
햇살 한 모금 마시는 짱뚱어
뻘 사탕, 쌀 과자를 물고 오물거리는 칠게도
파장된 장에서 나와 집으로 가고

개펄에 갇힌 삶
혼자서라도 건져 내고 싶은 사랑은
얼마나 외로운 것이랴
입술을 깨물면 밀물이 지는 바다

\>

밀물은

석양이 비치는 짱뚱어다리에

슬슬 은색 머드를 바르고 있다

• 짱뚱어다리: 신안군 증도면 증동리와 우전리 사이 갯벌에 가설한 다
리(길이: 1킬로미터).

증도 7

섬에 밤이 찾아오면
파도는 어둠을 매만지고 다듬어
별이 반짝이도록 씻어 줍니다

짱뚱어는 저 섬이
왜 별을 만지는지 몰랐습니다

파도는 사방에 널브러진 갯바위를
윤기 나게 문지르고

어둠이 넘어지지 않도록
바다가 쓰러지지 않도록
출렁 출렁이며 별을 닦는 곳

물새가 내려앉았다 소리도 없이 떠나고
별들이 노는 밤하늘을 바라보았습니다

별이 빛나는 짱뚱어 섬
증도는 오늘도 초롱초롱합니다

김발

넘실거리는 김발
타지에서 온 잎사귀 하나
나풀거린다
물김에 무슨 사연이 있을까

파래가 와서 구릿빛 김발 가족이 된 듯이
물김 가슴에 사뿐히 앉았다

김발에 싹을 틔우고 자라는 물김 따라
같은 집에 얹혀
남색 옷을 입은 파래

파도가 김발을 흔들며 농을 걸자
저것 봐!
둘이서 춤추듯 뒤엉켜
발장 엉덩이를 들썩이고 있다

논두렁길

아버지가 논을 갈 때면
나도 따라가 철없이 뛰어놀았다

어느 날 꿈속
여럿이 노는 먼발치서 나는
논두렁을 바라보았다

지렁이같이 허리가 구부러진 논두렁이
아버지와 함께 물을 가두며 일하고 있었다

소를 몰아 죄어치며 논을 갈아엎고
물을 가둬 써레질을 하고

찰방찰방 물을 넣고
푸드덕 햇살이며 논병아리를 넣고
발 담그며 놀다가 걸어가던 논두렁길

아버지와 멀어지지 않으려고
논길을 따라 돌아봐도 보이지 않는 길
쟁기와 써레들이 몸을 맡긴 두렁길

\>

아버지와 만났다 헤어진 꿈속의 그 길
찾아가 봐도 어디론가 사라지고 없었다

빈집 2

외로운 내가
방에 누워 멀거니 천장만 쳐다볼 때
서까래 가득 늘어진 거미줄

나처럼 빈집을 지키는
하얀 그리움 한 마리도 있었구나

거미를 다정한 옛 친구처럼 데불고
밖으로 나오니

마당가에 서 있는 감나무에
백태 낀 하얀 곶감 같은 달
하나 걸려 있다

빈집 3

헐고 너절한 방
멀거니 앉아 있는 오래된 어머니

장롱 속
옷은 모두 짝 잃고 외로운 것들
이리저리 휘어지고 꺾인 시간들은
무엇 하나 바르게 놓인 것 없다

시집올 때 짝 맞추어 온 살림
저 혼자 쇠어 가고
오래된 이름들은
어느 것 하나 고독하지 않은 것 없다

저 먼지 낀 고요 한 채

방 모서리를 따라 빈집
갈라진 굽은 선을 지나는 나를
멀거니 바라보는 어머니

빈집 4
—무화과 집

무화과나무가 어른이 된 집
잎사귀 하나가 외양간을 들여다본다

검게 달라붙은 서까래
그을음을 타고 피어오르는 저녁연기

뜸이 든 여물 냄새
쇠죽을 넉넉하게 푸던 노인

되새김질하던 여물통에 남은
소 멍에도
쇠죽 푸는 주걱도
저리도 낡아 흔들거리는 코뚜레도

목숨만큼 귀한 것이 또 있을까

여윈 무화과꽃
눈물 글썽이며
먼 길 떠난 사람 이름
부르는 것 같다

염전

수천 톤 갯물을 채워
서너 달 바싹하게 구워 내는 소금밭

수차가 물을 돌리고 있다

천둥소리에 번개가 치고 하늘이 뒤집힐 때마다
수차, 분수공分水工을 열고 닫으며

하얀 소금버캐가 된 아버지
살갗에 마른버짐 꽃이 핀다

땡볕 가득 찬 땀방울
아버지를 검고 짭조름하게 태운 하얀 울음

외발 수레에 실려 창고로 들어간다

수차에 휘감겨 도는 아버지 외로움
아버지는 꿈속에서도 목이 마르다

눈알고둥*

아침에 이른 고요인가 했더니
갯것들 바위틈 헤집고 나온다

사람 눈을 닮은 눈알고둥
암녹색 껍데기에 푸른 창을 달고
진줏빛 광택을 낸다

데굴거리던 그의 눈알
썰물은 가고 눈알을 굴리는 눈짓을 따라
바위를 이어 가면 태어난 집을 알 수 있겠다

갯바위 문을 열고 계단을 내려가니
눈같이 하얗고 단단한 그가
따개비, 거북손, 삿갓조개들을 깨우고

톡톡 비어져 나온 눈알을 달고
짜디짠 바다를 배 속에 키우면서 기어간다

* 눈알고둥: 팽이고둥.

함흥차사

마당 옆 팽나무 어깨를 기대고 있는 그물
점점 기우는 바지를 벗을 것 같다

땡볕은 장작개비 송진내를 하얗게 말리더니
장대에 농어 비늘을 툭, 구부려 놓고
나비잠자리 한 쌍 제자리를 뱅뱅 돌다 간다

낡고 삭은 작대기는 바닥에 누워 있고
키 작은 작대기는 불쏘시개로
새로 난 작대기는 바지게를 괴고 있다

며칠 전 바다에 나간 홀아비
배가 뒤집혀 황천길 갔는지
소식이 없다

폐선이 혼자 삐걱이는
밤만 남았다

섬 2

여름 한낮 외딴섬

멍석에 타작한 보리, 고추들 몸을 말리며
우리에 누운 돼지 어미
가슴 내놓고 새끼들 젖 먹이고 있다

뜸하게 불어오는 바람

오래된 치마, 터지고 갈라진 셔츠
흙냄새 덜 가신 고단한 양말들

헛간 앞 작대기 고인 빨랫줄
알록달록한 몸들이 물기를 빼고 있다

아낙이 샘물 기르는 사이

새끼들 거느린 암탉
보리알을 노리며 병아리들에게 주의를 준다

바다에 나간 주인

비린내 기다리는 강아지네
섬은 그렇게 웅크리며 자라난다

뱃소리 1

재원도 서북쪽 칠흑 같은 바다
어선 한 척 남포등 불빛에
몸을 기대어 고기잡이하고 있다

어둠을 두드리는 바람
부표를 붙잡고 흔들거리는 자망刺網

표지마저 바람에 휘말리는 순간
그물 밀리는 소리
닻 자망을 때리며 삐걱하는 소리

뱃머리를 치는 파도에 엎드린 밧줄도
소리를 쳤다

선장이 키를 감더니 휘청거리는 배에
사람도 갑판에 벌컥 넘어졌다

그물마저 잃고
슬피 우는 고깃배 소리였다

\>

민어 떼 반짝이는 바다와

젖은 발로 달려오는 파도

갈매기가 섬마다 울음을 새겨 놓던 그 바다

도덕도* 1

증도曾島 앞바다
항렬 낮은 도덕도는
양도천** 씨 기도를 들으며 살았다

요강바위는
움푹 파인 입과 도드라진 가슴을
고둥과 소라에 내주고 함께 기도하는데

철썩, 차르르
철썩, 차르르

바람은 파도를 몰고 와 그들의 기도를
휘감듯이 몰아치고

어둠 속에서 눈 껌뻑이던 별마저
그들의 안녕을 빌어 주는 도덕도

도사島土로 섬기는 양도천 씨에게
요강바위는 그만
하얀 눈물을 보이고 말았다

* 도덕도: 전남 신안 증도 방축리(송·원대 문화재 발굴된 섬. 물고기를 빼앗는 다고 하여 도적도라 했음).

** 양도천: 평북 정주군 마산 출생. 1947년 5월 월남. 신안군 목회 중 6·25 동란 발발. 무인도인 도덕도로 홀로 피난해 '세계일주평화국'을 창립. 충남 계룡산에 입산하여 2011년 8월 28일 사망.

정월 대보름 전날

하루 내내 진눈개비 내리더니
서녘으로 가는 해는 온몸을 다 굴러와
솔숲에 앉았다

어둡던 마을이 잠시간 환해졌다
아이들이 깡통을 돌리며 쥐불놀이하는 소리
어디선가 들려오더니

'내 더위' 하면
뒤돌아보던 친구 얼굴에 쏟아지던 웃음

새들도 제 집을 찾아들고 해송 가지에 쌓인
눈송이는 찬바람 타고 아무 데나 쏟아졌다

시루떡 찌는 집도 있고
옆집에서는 나물 삶는 냄새가 진하게 났다

호젓한 숲은 불그레한 햇살도 물러가고
대보름달이 어둠을 나긋나긋 물리치며
동네에서 솟아올랐다

\>

내 유년을 비추던
가장 환한 달밤이었다

우물

동네 사람들을 모두 먹여 온 옛 우물
구부러진 함석 엉덩이에
나무를 맞대어 붙인 두레박이 있었다

어린 코흘리개 얼굴 씻어 주던 아낙들
빨래터였던 마을 터줏대감

그 자리 가 보니
아이들 오간 데 없고
대보름날 농악 놀이 사라지고
어른들 지나간 곳은 잡초만 무성하였다

꿈속에 우물의 영혼이 나타나
사람들 발자국 사라진 자리에 두레박을 드리웠지

빨래하던 여인도
두레박에 넘쳐흐르는 물소리도 다시 모여

깊은 우물 속으로 두레박을 던지면
푸르게 차오르던 우물물의 기억들

우물은 꿈속 깊이 찰랑찰랑
동그란 하늘을
밤새 길어 올렸다

조각배

바가지만 한 배 한 척
바다에 떠서
발장에 묶인 채 춤사위를 하고 있었다

김 양식하려고 목수의 힘을 빌려 지은
무허가 김 채취선

밑바닥은 얇은 함석을 덧대어 붙이고
배 위에 노와 닻을 실은
아버지 재산 목록 1호였다

어느 때나 파도에 뺨을 내주고도
궁둥이를 기우뚱거리며
바다를 오가는 조각배

김 줄기를 뜯느라 억센 바람 지나도록
아버지와 오리춤을 추고 있었다

아버지의 바다는
네모나게 잘려지고

>
나는 파도가
한 장 한 장씩 구워지는
꿈을 꾸었다

소

바람 없는 오후
바닷가 모래 마당
키 작은 토담집

코뚜레 찬 소 한 마리 누운 채로
텅 빈 공중에 대고 코 흘리며
되새김질하고 있다

자세히 보니 고기잡이한다는 선주
빚보증 서 주고 야반도주夜半逃走한
아저씨 얼굴이다

눈꺼풀도 가눌 힘이 없는 밤
세상에는 울음조차 잊어버린 얼굴이 있다

쇠죽 한 그릇 없이
반추反芻할 것 없는 고요가
사방으로 트인 허공의 주인 같았다

사라져 가는 것들을 위한 슬픈 비망록

박성민(시인)

1. 들어가며

하이데거에 의하면 "언어는 존재의 집"이다. 바꾸어 말하면, 언어는 '인간 존재의 주거'다. 예술을 존재의 진리가 발생하는 장소로 보는 하이데거는 시를 최고의 예술로 보았다. 하이데거에게 시는 본질적인 언어이며, 본질적으로 언어는 시가 된다. 다른 예술 작품들이 순수한 사물을 현상함으로써 진리를 밝히는 데에 반해서, 시는 존재의 집, 그 자체의 순수성을 회복하여 진리의 공간이 된다. 시는 매우 짧은 언어들이 긴밀하게 연결되어 존재하는 목조건물이다. 시인이 얼마만큼 못 자국 없이 나무의 결만으로 자신이 지은 존재의 집을 보여 주는가, 얼마만큼 날카로운 통찰력을 곳곳에 내장하고 있느냐가 시집 한 채의 성패를 좌우한다고 할 수 있겠다.

한편 시는 직간접적으로 그 시대의 현실과 관련을 맺고 있다. 따라서 자아와 세계의 관계 양상은 작가가 처한 현실이나 대상에 반응하고 그로부터 일련의 행동을 하는 인식과 태도 문제와 연관된다. 세계에 대한 인식과 태도의 양상은 단순히 외부 세계로 자신을 투사하는 데에 그치지 않고, 대상을 통해 자신과 세계라는 존재에 대해 질문하고 파헤치려는 행동으로까지 나아간다. 그리하여 시는 자아와 자아를 둘러싼 사물이나 세계와의 관계로부터 잉태되며 사물과 사물 사이의 경계를 허물면서 새로운 생명체로 태어난다. 자아와 세계와의 양상이 바로 시인의 시적 인식과 연관됨은 이 때문이다.

전남 신안에서 출생하여 2012년 『21세기문학』으로 등단한 박동길 시인은 자신만의 개성을 구축하기 위해 꾸준히 시작에 천착하면서 『증도 바다』 『풍경 한 접시』 『태평염전』 3권의 시집을 상재했다. 섬과 바다, 개펄, 염전, 목포 등 자신의 고향과 삶의 터전을 기반으로 한 박동길 시인의 시는 화려한 기교나 번뜩이는 묘사와는 거리가 멀다. 기화요초가 만발하는 한국 시단에서 어떤 작품은 일견 단순해 보이기까지 한다. 그러나 이는 시적 상황을 최대한 정직하게 말하려는 그의 성격 탓으로 느껴진다. 대교약졸大巧若拙이 어울리는 박동길 시인은 좌충우돌하는 상상력과 현란한 비유로 자신의 체험이나 아픔을 다소 과장하려는 시편들로부터 멀찌감치 떨어져 있다. 따라서 그는 한바탕 거센 언어의 태풍이 지나간 후의 정적 같은 허무함을 느끼지 않아도 되는 시인이다. 박동길 시인의 시에서는 고향 공간에 대한 따스한 애정, 소외된 존재에 대한 사랑, 자연물에 불어넣는 인간적인 호흡이나 자

아 성찰의 면모가 두드러지게 나타난다. 목포와 다도해 사람
들의 가슴 밑바닥에서 솟는 정한이 곰삭아 있는 그의 시 세
계를 살펴보겠다.

2. 고향 공간에 대한 따스한 애정

박동길 시인은 전남 신안군 증도가 고향이지만 고교 시절
이후 많은 시간을 목포에서 생활하고 있다. 또 목포가 인근
의 무안, 신안 등을 아우르는 서해안 항만도시임을 생각하면
그에게 고향이라는 공간은, 목포와 신안의 섬들은 하나의 자
연적 서정으로 인식된다. 박동길 시인의 시적 정서를 관류하
는 특징 중 하나는 대부분의 시편에서 잃어버린 존재나 상실
된 공간을 그리워하는 과거 회상의 상상력이 작용한다는 점
이다. 이런 측면을 정서적 퇴행 현상으로만 간주할 수는 없
다. 왜냐하면, 인간은 잃어버린 시절들을 그리워하고 그것을
회상하면서 삶의 온전성이나 총체성을 회복하고자 하는 미래
지향적 내면 의식이 형성되기 때문이다. 이런 특성은 「달빛
세 마지기」와 「논두렁길」과 같은 시에서 잘 나타난다.

노을이 붉게 타오르다
동산 마루에 달이 얼굴을 내밀 때까지
세 마지기 떼밭에서 김매시는 엄니

이마에 서럽게 내리깔린 어둠이
땀방울을 서늘하게 덮은 밤

달의 꽃등에 줄 드리워 매단 목을 구부려
두견처럼 쪼그리고 앉았다

달빛을 벗 삼아 어둠의 몸뚱어리를
이빨로 물어 눕혀 가며
밤이 깊도록 참깨밭 모종
삼각 날로 쪼아 호미질을 하신다

산등성이 올라설 때마다
혓바닥에 피는 백태 같은 가난

꽃등에 매단 줄을
엉덩이가 붙은 깨밭으로 데려와
호미에 달을 올리신 엄니

내게 달빛 세 마지기
묶어 주신 그리움
이 밤을 흐르고 있다

                              ―「달빛 세 마지기」 전문

기존의 많은 시에서 어머니는 생명력, 고향 등을 상징하고, 아니마anima라는 근원적 여성의 이미지로 그려져 왔다. 이 시에서도 어머니와 고향은 동일한 의미망을 지닌 시어다. 화자는 고향의 "동산 마루에 달이 얼굴을 내밀 때까지" 김을 매시는 어머니를 그리워한다. 대체로 과거를 그리워한다고 할 때 그 과거에 대한 기억은 행복한 시절인 경우가 많다. 그러나 이 시에서는 "이마에 서럽게 내리깔린 어둠"이나 "혓바닥에 피는 백태 같은 가난"과 같은 시행에서 알 수 있듯이 화자는 가난했던 시절에 밤늦게까지 노동하는 어머니의 모습을 그리워한다. 어머니가 "달의 꽃등에 줄 드리워 매단 목을 구부려/ 두견처럼 쪼그리고 앉"아 호미질하는 모습은 분명 힘겨운 노동의 모습이지만, 이를 아름다운 기억으로 형상화하는 것은 '달빛'이 주는 환상성 때문이다. 결국 "달빛 세 마지기"는 어머니의 영혼으로 표상된다. 나와 어머니의 교감을 통해 고향을 따스한 공간으로 인식하게 한다. 이러면서 "호미에 달을 올리신 엄니"와 같이 모성적 밤은 "내게 달빛 세 마지기/ 묶어 주신 그리움"으로 확대된다.

그의 시에서 어머니와 함께 고향 공간을 상징하는 존재는 아버지이며 앞의 시와 마찬가지로 일하는 아버지다.

아버지가 논을 갈 때면
나도 따라가 철없이 뛰어놀았다

어느 날 꿈속
여럿이 노는 먼발치서 나는

논두렁을 바라보았다

지렁이같이 허리가 구부러진 논두렁이
아버지와 함께 물을 가두며 일하고 있었다

소를 몰아 죄어치며 논을 갈아엎고
물을 가둬 써레질을 하고

찰방찰방 물을 넣고
푸드덕 햇살이며 논병아리를 넣고
발 담그며 놀다가 걸어가던 논두렁길

아버지와 멀어지지 않으려고
논길을 따라 돌아봐도 보이지 않는 길
쟁기와 써레들이 몸을 맡긴 두렁길

아버지와 만났다 헤어진 꿈속의 그 길
찾아가 봐도 어디론가 사라지고 없었다
　　　　　　　　　　　　　　　—「논두렁길」 전문

　　아스만은 과거 재현의 원리로 '기억' 혹은 '회상'이라는 개
념을 이야기한다. 그는 경험한 사건들이 아직 내면에 머물러
있는 상태, 그리고 억압되어 인식하지 못했던 것을 의식의
표층으로 끌어들이는 행위를 트라우마와 연관하여 이야기한
다. 아스만에 의하면 '장소의 기억'은 기억하는 사람의 통찰,

의지, 욕구에 따라 조정되면서 개인의 고유한 경험이 된다. 이 시에서의 '논두렁길'은 어린 시절 아버지와 화자가 함께한 공간이다. "아버지가 논을 갈 때면/ 나도 따라가 철없이 뛰어놀았다"라는 시행을 보면 화자는 아무 걱정 없이 놀았던 유년기를 그리워하고 있다. "소를 몰아 죄어치며 논을 갈아엎고/ 물을 가둬 써레질"을 하는 아버지의 노동이 비록 힘들지라도 "허리가 구부러진 논두렁"도 아버지와 함께 일하는 모습을 통해 유년기를 긍정적인 시간으로 형상화하고 있다. 어린 화자가 "찰방찰방 물을 넣고/ 푸드덕 햇살이며 논병아리를 넣고/ 발 담그며" 놀던 논두렁길은 노동의 공간임과 동시에 유희의 공간으로 기능한다. 유년기의 즐거웠던 마음이 '찰방찰방'과 '푸드덕'을 통해 구체화된다.

그러나 이제 그 논두렁길은 "아버지와 만났다 헤어진 꿈속의 그 길"에서나 다시 가 볼 수 있는 공간으로 "찾아가 봐도 어디론가 사라지고 없"는 공간이다. 이렇게 볼 때 박동길 시인의 시 쓰기는 과거에 대한 그리움을 통해 과거의 아름다웠던 시절을 복원함으로써 메마른 현실의 쓸쓸함을 치유하기 위한 것으로 볼 수 있다. 어머니와 아버지에 대한 기억의 문제는 가족공동체의 기억이나 자신의 정체성과도 직접 관련되어 있다.

"꿈마다 하얗게 부서지던 파도/ 맑은 파도의 뼈들, 길게 뱃고동 소리와 함께 멀어지던 수평선/ 물김 냄새는 내 머리맡까지 밀려와 철썩거렸지"(「김」)에서처럼 물김을 말리던 아버지를 그리워하는가 하면 염전에서 일하던 아버지를 "수차에 휘감겨 도는 아버지 외로움/ 아버지는 꿈속에서도 목이 마르다"
(「염전」)라고 그리워하는 시편들은 과거의 기억이 자신의 정체
성과 직결되는 것임을 방증한다.

땅 있으면 농사라도 지을 텐데
그래도 잘 살아 보겠다고 밥벌이 나온 아버지

수십 년 배 타는 어부로 살다
병을 얻어 누운 곳
병원 창밖 고하도는
밥알 같은 파도를 바다에 퍼 담고

오 년만, 오 년만 하다 못 뜨고
아리랑 고개 능선 타고 오른 집

차마 버리지 못하고 평생 눌러앉은 땅
용머리 은색 물빛에
밥도 아니고 땅도 아닌
파도가 뒤척인다

한 계절 앓으며 뒤척거린 잠에서 깨어
저린 몸 털고 일어서는
저 바다의 그믐달 하나
눈물 같은 숟가락

달그락거리는 소리가 들렸다

—「목포 3」 전문

신안군 섬마을에서 살던 화자의 아버지가 정착한 곳은 목포 달동네다. 밥벌이하러 나와서 "오 년만, 오 년만" 하면서 목포를 못 뜨고 "아리랑 고개 능선 타고 오른 집"은 화자의 아버지가 가난 속에서 힘들게 살았음을 암시한다. 일제강점기 때 일본인들은 목포 선창 부근의 상가 지역에 모여 상권을 쥐고 부를 축적하면서도 조선인들은 유달산 고지대로 쫓아 보냈고 이때 조선인들은 온금동 고지대로 불리는 '아리랑 고개'에 정착하게 되어 하층민들의 집단 거주지가 되었다. 이 고개를 중심으로 온금동과 서산동으로 구분되는데 예나 지금이나 가난한 사람들의 거주지다. 아버지가 끝내 병을 얻어 누운 목포라는 공간은 "밥알 같은 파도"를 꿈꾸며 일했지만, "밥도 아니고 땅도 아닌/ 파도"만 뒤척이는 공간이다.

이제는 그 아버지마저 존재하지 않는 공간, 목포에서 화자는 "한 계절 앓으며 뒤척거린 잠에서 깨어" 아버지가 바라봤을 바다를 바라본다. 바다 위에 뜬 그믐달에서 살아생전의 아버지가 들었을 "눈물 같은 숟가락/ 달그락거리는 소리"를 들으면서······.

"아침이면 장판에 남은 누추한 삶의 흔적들을/ 썰물로 지워 주는 코끼리여인숙// 아직도 거기 갯가엔/ 외로움이 파도치며 살고 있다"(「코끼리여인숙」), "나팔꽃 기억만 고요하게 쌓여 있고/ 새 한 마리 꽃잎 하나 물고/ 잔등길 넘어간다"(「골룸

반 고갯길」와 같은 시편에서도 이러한 고향 인식과 자기 응시를 읽을 수 있다. 이처럼 박동길 시인에게서 과거적 상상력 또는 고향 회귀란 인간성을 상실한 자본주의 현실에서 인간의 본질을 찾아가는 길이며 가치 있는 것들을 잃어버린 현실 세계에서 삶의 총체성을 회복하고자 하는 열린 소망의 반영에 다름 아니다. 이 점에서 그의 시에 나타나는 과거적 상상력에의 몰입은 다소 현실 도피적인 요소가 있음에도 불구하고 순수함과 따뜻함의 세계를 통한 자기 극복과 구원의 요소를 엿볼 수 있다. 이는 야스퍼스가 말했듯이 근원적인 면에서 자아 회복을 통한 인간의 본질 찾기에 해당한다는 점에서 그 의미를 지닌다.

3. 소외된 존재에 대한 사랑과 휴머니티, 그 공간의 풍경들

박동길 시인은 도시와 농촌 생활 속에서의 삶과 주변을 둘러싼 사람들, 식물 등을 써 오고 있다. 대체로 그의 시는 자기 삶의 편린과 상처 입은 영혼들, 소외된 존재와 주변 환경들을 고요히 끌어안고 어루만지면서 우리 삶의 비상구 없는 슬픔의 통로를 어떻게 찾아가는지를 생각하게 한다. 그의 시편을 읽다 보면 시인이란 우리 세계의 소외된 풍경을 그려 내면서 그 슬픔과 외로움을 기록하는 존재임을 깨닫게 된다.

한편 시인이 그려 내는 '공간'은 인식론적 공간으로, 의식의 내적 공간이다. 시 속에 나타나는 공간 이미지는 구체적 사물과 대상의 이미지를 변형하고 재창조하는 정신으로 확장된다. 그러므로 시에서 공간에 대한 인식을 살피는 일은 자아와 세계, 또는 존재와 세계라는 관련 속에서 내면 정서와 시대정신이라는 무한한 지평으로 확장된다. 따라서 시에서 공간을 살펴보는 일은 시인이 응시하는 세계를 읽어 내는 작업이 된다. 박동길 시인의 시는 그가 유년기를 보내 온 섬마을과 청소년기를 보낸 목포라는 공간을 작품 속에 오롯하게 담아 형상화하고 있다. 그의 시에 나타난 공간은 비린내 나는 섬마을이라는 고향 집, 목포의 대성동, 서산동, 달성동 등 소박하지만 서민들의 숨결이 생생하게 느껴지는 곳이다.

노란 조끼 입고
한 손에 녹슨 집게
한 손에 비닐 봉투 든 노인

담배꽁초 하나 줍다가 허리 들고
지나는 차들을 구경한다

승강장 의자에 앉은 사람
손주 자랑하는 소리 들어 주다가
길가 잡초 하나 뽑아
가로수 밑에 던지고

자박자박 걸어

어린이공원 의자에
대성大成한 사람같이 누웠다

지나온 세월에 대해 할 말도 없지만
생선 비늘처럼 야위어 가는 오늘 하루
나른한 햇살이 내려앉아
한나절 보내는 그곳

노인의 뼈마디처럼
함께 맞물려 삐걱거리는 의자

검버섯 피는 저녁을
비닐봉지에 담아 일어선다

—「대성동」 전문

지금은 큰 아파트들이 밀집된 곳이 되었지만, 대성동은 예전에 판잣집들이 즐비한 서민들의 동네였다. 이 시의 공간은 대성동 어느 버스 정류장이다. 정류장은 정적 이미지의 시어들로 일관되기 쉬운데, 시인은 동적 이미지를 부여함으로써 시 전체가 비관적인 정서로 함몰되지 않도록 하고 있다. 노란 조끼 입고 비닐 봉투를 든 노인이 녹슨 집게로 담배꽁초를 줍고 "길가 잡초 하나 뽑아/ 가로수 밑에 던지"는 정류장은 한가하게 보인다. 노인은 승강장 의자에 앉아서 다른 노인이 "손주 자랑하는 소리"까지 들어 주고는 "대성大成한 사람같이" 의자에 눕는 모습은 대성동大成洞의 '대성'이라는 의미를 이용한 언어유희로서 낙천적인 삶의 일면을 보여 준다. 이 '정류장'이라는 공간은 지난 세월을 회상하는 존재로 우리 사회의 노인 문제를 문득 되새기게 한다. "생선 비늘처럼 야위어 가는 오늘 하루"를 보내는 노인이 앉은 정류장의 의자는 "노인의 뼈마디처럼/ 함께 맞물려 삐꺽"거릴 정도로 낡았다. "검버섯 피는 저녁을/ 비닐봉지에 담아 일어"서는 노인과 그 노인이 한나절을 보내는 버스 정류장을 바라보는 화자의 정서는 현대성에 의해 소멸되어 가는 과거에 대한 안타까움과 연민이다.

거센 추위에 나뭇가지도 떨고 있는 골목
빈 리어카에 부서진 연탄 한 장이
동네를 물끄러미 쳐다보고 있다

골목을 숨차게 오르면
가겟집 그 윗집을 따라
주름진 길들은 좁혔다 펴지는 아코디언처럼
고샅길을 길게 물고 있다

부서진 열쇠통을 안고 떨고 있는 공동 수도
마당을 기어 나온 감나무 이파리 몇이
골목을 서성이는 동네

연탄 배달 마친 아저씨
가겟집에서 막걸리 한 사발로 허기를 채우고
밀린 방세 빌려 횟가루 봉투에 쌀 한 되 받아 오는 저녁

추억은 아직
굽은 골목을 오르고 있다
　　　　　　　　　　　—「기억 속에 피는 산동네」 전문

　　현대 물질문명은 하루가 다르게 급변하고 있다. 이런 시
대일수록 우리가 떠나온 과거의 시간과 정신적 고향은 인간
삶의 본향으로서 중요한 의미를 지닌다. 이러한 점에서 박
동길 시인의 시는 정겨운 삶의 터전이었지만 사라져 버린 옛
집과 그곳을 둘러싼 풍경들, 그 소리와 느낌 등을 기억 속에
서나마 되살려 보고자 한다. 산동네 골목길에서 "빈 리어커"
와 "부서진 연탄 한 장" "공동 수도"와 같은 풍경은 현대 도시
에서 찾아보기 힘들 정도가 되어 버렸다. 더구나 "부서진 열
쇠통을 안고 떨고 있는 공동 수도"는 얼마나 오래된 것일까.
"마당을 기어 나온 감나무 이파리 몇"이 서성이는 골목길은
과거의 달동네에서나 있음 직한 풍경이다.
　　지극히 일상적인 공간이지만, "주름진 길들은 좁혔다 펴
지는 아코디언처럼/ 고샅길을 길게 물고" 있는 정경을 떠올
리는 시인의 예리한 관찰력은 시적 공간에 아연 활기를 띠게
한다. "연탄 배달 마친 아저씨"가 "가겟집에서 막걸리 한 사
발로 허기를 채우"는 저녁, 화자가 "밀린 방세 빌려 횟가루

봉투에 쌀 한 되 받아 오는 저녁"은 비록 가난했지만, 그곳에서 나눴던 정과 사랑의 기억들로 인해 그리워지는 공간이다. 화자는 마음의 안식처이자 안락을 주었던 옛 달성동, 정겨웠던 산동네가 점점 사라져 가는 것을 안타까워하며 그 정경들을 시로 복원하고 있다. 이런 시적 복원이 지향하는 바는 그때의 삶에 대한 그리움은 물론 연민과 애정이 그 기저에 깔려 있다고 볼 수 있다.

목포 버스 터미널 길모퉁이
불을 몇 개씩 매단 섬이 있다

포장마차는 깊어 가는 밤을 조금씩 먹고
이 섬의 바다는 손님들과 함께 일렁이고 헤엄친다

도마 옆, 속이 빈 갈색 전복 서너 개
낯선 여자가 썰어 낸 조개가
제 살 비워 내는 소리를 듣는다

마신 술보다 흘려 버린 술이 더 많은 삶이지만
포장을 밀치고 들어오는 얼굴들 앞에
전복, 문어가 초장에 한 접시 놓이면

하루를 마감하는 손님들 입에서
한 번 더 파도가 출렁인다

먼 곳 섬까지 바다가 열리면
전복 껍데기 뚫린 구멍으로
하얀 새벽이 하나둘씩
스며든다

　　　　　　　　—「포장마차」 전문

「포장마차」는 박동길 시인의 언어 감각이 돋보이는 시다. 도입부에서 포장마차를 "버스 터미널 길모퉁이/ 불을 몇 개씩 매단 섬"이라는 공간으로 제시한다. 포장마차를 '섬'으로 형상화했기에 다음에 이어지는 "포장마차는 깊어 가는 밤을 조금씩 먹고/ 이 섬의 바다는 손님들과 함께 일렁이고 헤엄친다"나 "낯선 여자가 썰어 낸 조개가/ 제 살 비워 내는 소리를 듣는다"와 같은 표현들이 자연스럽게 그 빛을 발하고 있다. 이렇게 사물 너머의 세계를 그려 내는 능력은 여느 시인들에게서나 흔하게 발견되는 것이 아니다.

"마신 술보다 흘려 버린 술이 더 많은 삶"이나 "하루를 마감하는 손님들 입에서/ 한 번 더 파도가 출렁인다"라는 표현도 재미있다. 포장마차에서 힘겨웠던 하루 일들을 한 잔 술에 다 털어 넣는 서민들의 모습과 포장마차의 분위기를 정겹게 보여 주는 부분으로 박동길 시인의 언어 감각이 결코 녹록지 않음을 알 수 있다. 결구인 "먼 곳 섬까지 바다가 열리면/ 전복 껍데기 뚫린 구멍으로/ 하얀 새벽이 하나둘씩/ 스며든다"는 도입부와 연관된 이미지로 이 작품의 미학을 완성하며 독자들에게 감칠맛 나는 시의 맛을 제공해 준다.

박 시인은 "계단을 올라 친구 집이 가까워지면/ 찌개 끓는 소리가 들려오고/ 생선 굽는 냄새가 연기 타고/ 고양이처럼 담장을 넘어 다니던 골목"(『서산동에서』)을 기억하는 따스한 사람이다. 그러나 한편으로는 "바위처럼 단단한 고독/ 삭정이 다 떨어져 나간 나무가" 되어 "혼자서 길을"(『노인』) 걸어가야 하는 것이 우리의 삶이란 것을 알고 있다. 그렇기에 "생선 파는 진도댁 언니/ 건어물을 파는 영식이 엄마"(『보리밥 골목』)와 같은 서민들에게 따스한 시선을 보내는 것이며 "빚보증 서 주고 야반도주夜半逃走한/ 아저씨 얼굴"(『소』)을 안타깝게 떠올리는 것이다. 그의 시편들은 소외된 존재들의 삶을 조용히 응시하면서 그들을 따스한 시선으로 끌어안는다는 점에서 휴머니티의 시학이라고 할 수 있다.

4. 자아 성찰의 시학

시인은 현실의 변화에 민감하게 반응하는 존재들이다. 사물이나 사건의 현상들을 응시하며 그것들과 일정하게 거리를 두면서도 시인은 늘 그러한 변화에 대한 반응을 형상화하는 존재다. 물질 만능 주의가 만연된 자본주의의 사회구조 속에서 확대 재생산되는 다양한 인간 양태나 인간소외는, 현실의 삶에 밀착된 시인의 눈을 거쳐 다양한 이미지나 묘사로 새롭게 태어난다. 여기, 현대 문명과 자본주의의 급박한 흐름 속에 직면한 인간 존재의 대응 방식을 포착한 몇 편의 시

를 읽는다. 현대 자본주의 사회의 구조적 모순에 대한 회의
는 시인의 시 속에서 직설적으로 드러나기보다 비유와 알레
고리의 방식으로 형상화된다. 시인들의 글쓰기는 각박한 삶
속에서 우리가 놓친 것들이 무엇인가를 성찰하는 탐색의 과
정이기도 하다.

부두 슬래브 건물에 밧줄이 걸리고
사람들은 하나둘 집을 빠져나왔다

밧줄은 오랫동안 매달려 있었고
딱정벌레처럼 벽에 붙어 자꾸 꿈틀거리는 사람이

허공으로 흔들릴 때마다
먼발치에서도 심장이 부르르 떠는 것 같았다

날마다 이 건물 저 건물 번갈아 가며
밧줄을 타던 벌레는 13번째 건물이 넘어진 후
공중을 내려와 가슴을 털며 자취를 감췄다

그 후 내항을 지날 때마다
딱정벌레가 밧줄을 잡고 공중에 매달린 모습이
가물거리며 자꾸 떠올랐다

—「밧줄」 전문

가난한 삶을 짊어지고 높은 건물에서 밧줄에 매달려 아찔한 노동을 하는 사람들이 있다. 건물 옥상에 고정시킨 밧줄을 몸에 묶고 대롱대롱 매달려 유리창을 닦거나 외벽 페인트 칠을 하는 사람을 볼 때면 "먼발치에서도 심장이 부르르" 떨리면서 조마조마한 생각이 든다. 실제로 고층 아파트 벽에 페인트를 칠하던 인부가 노동의 무료함을 달래기 위해 작은 라디오를 허리춤에 차고 음악을 들으며 일을 했는데, 아파트 주민 한 사람이 음악 소리가 시끄럽다고 페인트공이 매달린 밧줄을 칼로 잘라 버린 일이 있었다. 그 페인트공은 일곱 식구의 가장이었는데, 아파트 주민의 몰지각한 행동에 추락사하고 말았다. 내려다보면 까마득한 지상이 보이고 발 디딜 곳 없는 허공은 죽음 같은 공포를 느끼게 한다.

"딱정벌레처럼 벽에 붙어 자꾸 꿈틀거리"는 노동자에게 밧줄은 하나의 생명 줄이며 자신의 하루치 목숨과 밥을 담보하는 거미줄과 같은 것이다. "날마다 이 건물 저 건물 번갈아가며/ 밧줄을 타던" 존재는, 카프카의 「변신」의 주인공, 그레고르 잠자처럼 가족의 생계를 책임진 존재에서 경제적인 능력을 잃은 '벌레'로 지칭되는데, 이는 맨 마지막 연의 "딱정벌레가 밧줄을 잡고 공중에 매달린 모습"에서 암시하듯이 화자 자신의 힘겨운 삶에 대한 알레고리로 읽힌다. 박동길 시인의 자아 성찰은 대체로 공중에 매달린 벌레나 거미와 같은 존재, 즉 지상에 발붙이지 못하고 허공에 거처를 둔 불안한 존재로 형상화된다. 이런 의미에서 그의 현실 인식은 비관적이라고 볼 수 있으며, 그가 과거를 그리워하는 연유도 이러한 현실 인식에 기인한 것임을 유추할 수 있다.

　　외로운 내가
　　방에 누워 멀거니 천장만 쳐다볼 때
　　서까래 가득 늘어진 거미줄

　　나처럼 빈집을 지키는
　　하얀 그리움 한 마리도 있었구나

　　거미를 다정한 옛 친구처럼 데불고
　　밖으로 나오니

　　마당가에 서 있는 감나무에
　　백태 낀 하얀 곶감 같은 달
　　하나 걸려 있다
　　　　　　　　　　　　　　　—「빈집 2」 전문

　빈집은 공허함을 품은 채 살아간다. 외로운 화자는 "방에
누워 멀거니 천장만 쳐다"보고 있다. "서까래 가득 늘어진 거
미줄"을 보고도 그것을 빗자루로 걷어 내거나 부정하지 않
는다, 거미를 "나처럼 빈집을 지키는/ 하얀 그리움 한 마리"
로 인식하기 때문이다. 이런 인식의 층위에서 '빈집'은 인간
의 실존적인 고독을 표상하며 이 빈집을 지키는 '거미'는 자신
과 동일시되는 존재다. "거미를 다정한 옛 친구처럼" 데리고

빈집 밖으로 나오지만, 존재의 고독은 마당에도 있음을 확인한다. 마당가의 감나무에도 "백태 낀 하얀 곶감 같은 달/ 하나"가 외롭게 걸려 있기 때문이다. 이렇게 볼 때 고독은 나아닌 다른 생명이 살아가기 위해 내가 필연적으로 감내해야만 하는 감정인 듯하다. 이런 의미에서 '빈집'이 떠올리게 하는 것은 '인간의 숙명적인 고독'이면서, 서로의 고독을 감싸주고 껴안는 풍경이 아닌가 한다. '빈집'은 화자가 보는 퇴락해 버린 풍경이면서 그 고독한 풍경을 수용해야 하는 화자의 모습이기도 하다.

"몇 번의 가을을 더 지나야만/ 나도 낙엽 몇 장을 꺼내 보일 수 있을까/ 스산한 바람이 부는/ 가을이다"(「가을」)에서처럼 낙엽과 동일시되는 화자의 모습, 한겨울에 차디찬 바위에서 피어난 굴꽃의 눈물을 읽고는 "이젠 나도 너처럼 눈물이 많아진 나이/ 갯바위에 엎드려 굴꽃이 되고 싶다"(「굴꽃(石花)」)와 같은 시편들은 그의 시 쓰기가 본질적으로 자신의 내면을 들여다보는 작업임을 인식하게 한다.

5. 자연물에 불어넣는 인간적 호흡

시인은 자연물을 정태적 이미지로 묘사하는 차원에 그치지 않고, 그것을 우리 현실의 한복판으로 끌어들여 다층적인 상상력을 전개하기도 한다. 이를 통해 시인은 독자들로 하여금 현실에 대한 감각적 구체성을 표출함으로써 시적 주체의

자각을 이끌어 낸다. 가령 다음과 같은 작품 속에서는 '달빛'이 우리네 힘겨운 삶과 뼈아픈 현실을 감싸 주고 힘겨운 존재들에게 달빛을 떠먹여 주는, 모성적 존재에 대한 등가물로 형상화되기도 한다.

> 목화 꽃잎 같은 하얀 초승달이
> 달빛 한 숟갈을 떠먹고 있다
>
> 달빛에 엉그는 추위도
> 누이 수저같이 생긴
> 꽃잎 한 숟갈
> 달빛 한 숟갈
>
> 깊어 가는 밤의 허기를
> 어둠의 목구멍으로
> 꿀꺽꿀꺽 넘기고
>
> 나도 창밖을 보며
> 송편처럼 빚은 초승달과 함께
> 달빛 한 숟갈 넘기고 있다
>
> ―「달빛 한 숟갈」 전문

자연물인 '달빛'에 인간의 맥박을 부여하고 호흡을 불어넣음으로써 살아 꿈틀거리는 존재로 형상화하고 있다. 목화송이처럼 하얀 초승달이 "달빛 한 숟갈을 떠먹고" 나서는 "달빛에 영그는 추위"에 꽃잎에게도 한 숟갈을 떠먹이고 있다. '꽃잎'이라고 구체화하지만, 실은 초승달이 달빛을 온 세상에 떠먹이고 있는 모습이라고 볼 수 있다. 따라서 이 작품에서 그믐을 막 지난 초승달은, 그 미약한 빛이나마 힘겨운 존재들을 위해 떠먹여 주는 모성적 존재로 태어난다. 그렇기에 겨울밤을 견디고 있는 지상의 존재들은 "깊어 가는 밤의 허기를/ 어둠의 목구멍으로/ 꿀꺽꿀꺽 넘기고" 화자도 초승달과 함께 달빛 한 숟갈을 목구멍에 넘기는 것이다.

달은 형태를 바꿔 가면서 탄생하고 성장하여 소멸하는 존재다. 가장 미약한 초승달이 그 달빛을 떠먹이는 모습은 숨막히게 아름다우면서도 눈물겨운 사랑으로 피어난다. 이 점에서 우리는 이 작품을 절망과 희망의 변증법으로 볼 수 있겠다.

비가 내리다가 멈칫하더니
대성농협 뒤 2층집 긴 담장에 불이 붙었다

담장 경계에 서로 팔을 엮어
생 울타리 올라선 덤불 속 꽃잎
그녀의 욕망이 6월을 오른다

햇볕이 기대고 간 담벼락마다
벌겋게 달아오른 그녀의 몸

어긋난 깃꼴겹잎 높게 키운 힘은
빨간 담장에 분홍색 미소로
쌍떡잎 열정으로
일어서는 그녀

그녀의 불무더기 속으로
들어간 나는
순간, 확!
하고 화상을 입었다

—「덩굴장미」 전문

'불 붙다' '팔을 엮다' '오르다' '달아오르다' '일어서다' '들어
가다' '화상을 입다' 등 동사를 시 속에 자연스럽게 용해시킴
으로써 역동적인 심상으로 덩굴장미의 정경을 실감나게 묘사
하고 있다. 초여름인 6월, "대성농협 뒤 2층집 긴 담장"이 이
작품의 시 · 공간적 배경이다.

"햇볕이 기대고 간 담벼락마다/ 벌겋게 달아오른 그녀의
몸"으로 인식되는 덩굴장미는 '식물−인간'으로 대상을 자연
스럽게 변환하면서 6월의 분위기를 환기하고 있다. "햇볕이
기대고 간 담벼락마다" 그녀의 몸은 "벌겋게 달아오"른다. 그
러므로 "빨간 담장에 분홍색 미소"로 피어 있던 "그녀의 불
무더기 속으로" 화자는 화상을 입을지라도 무작정 들어가고
싶은 것이다.

유달산 둘레길에서 바라본 일몰을 "아, 마침내 피가 도

는 세상이다"(「노을에 들다」)라고 형상화한 부분은 그가 자연물에 불어넣는 인간적 호흡의 진경을 보여 주고 있다. 그리고 "고요한 수평선 끄트머리를 잡아당기면/ 우르르 물살이 밀려와 부딪히지요/ 예부터 우리 집안 내력은 소란합니다"(「파도가 소란한 내력」)와 같은 시에서는 표현의 묘미, "화가 고둥 씨는 화선지를 펼쳐/ 진한 먹물 묻힌 붓을 일필휘지/ 바람에 비벼 대는 눈물이 되고/ 물살의 파문이 일렁거린다"와 같은 시에서는 진지한 삶으로서의 해학과 함께 비린내 나는 생명력을 형상화했다.

6. 나가며

박동길 시인은 '상선약수上善若水'라는 『도덕경』의 말을 떠올리게 하는 시인이다. 물은 만물을 이롭게 해 주지만 높은 곳을 흐르고자 다투지 않는다. 그만큼 그는 우리 시대에 힘겨운 삶을 견디며 살아가는, 소외된 존재들, 사라져 가는 존재들에게 따뜻한 연민의 시선을 보낸다. 그 존재는 때로 시인 자신이 되기도 하며 섬이 되기도 하고 궁극적으로는 그의 시를 읽는 독자가 되기도 한다. M.아널드가 말한 "시란 본질적으로 인생의 비평"이란 점에서 박동길 시인의 시는 자신의 경험에서 비롯된 깨달음의 산물인 셈이다. 그는 자신이 경험한 시적 대상 속에서 자의식의 공간을 객관적으로 들여다보는 눈을 가졌다. 따라서 그는 시적 기교에 힘을 기울이기보다는 시적 상황을 정직하게 말함으로써 공감의 영역을 확장하고자 한다.

박동길 시인은 자연과 인간의 조화, 상생을 모색하는 휴머니티 속에서 인간다운 삶을 고양하는 시 세계를 지향하고 있다. 오늘날 고층 건물의 철근과 시멘트 냄새, 대도시의 매연과 쓰레기에 정신마저 얼룩진 현대인에게 그의 시 세계는 진정 우리가 무엇을 소망하고 실현해야 하는지에 대한 해답을 제시해 준다. 인간과 세계를 둘러싼, 그의 진솔한 삶의 메시지들이 우리 시의 서정적 휴머니티라는 질감을 고양시키는 데에 기여하리라고 기대하는 이유가 바로 이것이다.

이상으로 살펴본 바와 같이 박동길 시인의 시편들은 사라진 존재, 또는 사라져 가는 존재들에 대한 안타까운 눈빛의 기록이며, 또 그것들을 잊지 않기 위한 비망록의 노트다. 그의 시는 분명히 진취적이거나 실험적이기보다는 전통 지향적인 자세를 견지하고 있다. 그러나 그의 시가 고답적高踏的이거나 복고적인 것으로 비추어지지 않는 까닭은 그의 올곧은 시정신에 있다. 그가 치열한 시정신을 잃지 않고 더욱 창작에 매진하여, 우리 사회의 여러 가지 문제를 외연과 내포로 확대, 심화함으로써 다양한 시적 성취를 얻어 내기를 즐거운 마음으로 기대해 본다.

천년의시인선